LA FILLE
de l'univers

MARGAUX MOYA

LA FILLE
de l'univers

© Margaux Moya, 2023.
ISBN : 9782957075164
Courriel : margauxmoya.auteure@gmail.com
Instagram : @margauxmoya.auteure
Facebook : Margaux Moya – auteure

Le Code de la propriété intellectuelle interdit les copies ou reproductions destinées à une utilisation collective. Toute représentation ou reproduction intégrale ou partielle faite par quelque procédé que ce soit, sans le consentement de l'auteure ou de ses ayants cause, est illicite et constitue une contrefaçon sanctionnée par les articles L335-2 et suivants du Code de la propriété intellectuelle.

Couverture et illustrations : Marie Helix

À tous les lecteurs qui se souviennent des contes
de leur enfance,
Et à ceux qui sont prêts à en découvrir d'autres.
Laissez-moi vous conter l'histoire d'une fille qui vit
dans les recoins les plus sombres
de notre imaginaire.

Il y aurait eu, dans son cri, l'écho saisissant de la peur, si elle avait été capable d'émettre le moindre son.

La fille avait perdu la force de résister. Son corps avait surgi de l'univers, déchirant les ténèbres. Sa chute était aussi légère que brutale. De temps à autre, elle percutait les météorites qui accompagnaient sa dégringolade. Chaque fois qu'elle se cognait, un trou se creusait dans sa poitrine. Elle plissait les yeux à l'approche d'une étoile. La chaleur était insoutenable. Chaque inspiration incendiait sa poitrine, et ses cheveux argentés prirent feu.

Ballottée ainsi entre les astres, elle tentait de s'accrocher.

Mais elle tombait...

Tombait...

Tombait prestement... Et ne savait pas pourquoi.

Peu à peu, la température glaciale de l'univers l'engourdit. Son cœur battait à tout rompre, luttant pour ne pas se cristalliser à son tour. Elle se heurta aux astéroïdes avec violence. On aurait dit une statue de glace qui se fissurait à chaque coup.

Lorsqu'elle crut mourir une énième fois dans ce tourbillon, elle aperçut quelque chose de rond, quelque chose de bleu, de vert et de gris, des lumières par milliards. La Terre grossissait à une vitesse effrayante.

Tout à coup, la fille se fractura. La frontière invisible qu'elle avait traversée rompit ses os. Son souffle s'arrêta, sa course s'affola. Disloquée, elle virevoussait dans la nuit. La chaleur, la douleur et le froid n'eurent plus d'effets sur elle.

Dans un **silence** venu des

tréfonds de l'univers,

elle s'abattit

sur le

sol.

La fille était allongée sur l'herbe dans une pose qu'aucun crayon n'aurait su dessiner. Des lumières blanches, bleues et rouges frappaient ses paupières. Un homme se pencha au-dessus d'elle et l'appela d'une voix trop lointaine pour lui parvenir.

Quelque chose de noir, comme du sang, sortait de plaies terrifiantes. Dans ces rus sereins voguaient des fragments d'os éclatés par la chute. On aurait dit un puzzle vivant, qui se défaisait à mesure qu'on cherchait à en comprendre le sens. Il était évident que la fille ne respirait pas. Si l'homme refusait d'admettre qu'elle était morte, force était de constater qu'elle était bien esquintée. Cette vision d'horreur avait un charme surnaturel. Déjà, il comprit que la mort jouait un drôle de jeu. Il s'accroupit à côté du corps.

Il entreprit d'invoquer sa conscience ; pourtant, il était saisi d'effroi. Aucun corps percuté, écrasé, torturé qu'il avait rencontré ne ressemblait à celui-ci. Alors, l'ambulancier entreprit de le mettre sur un brancard et de le mener à la morgue, ne sachant pas par où le prendre tant il était désarticulé. Lorsqu'il glissa sa main derrière la nuque brisée, un craquement arrêta net son mouvement.

Un bruit d'*os*.

L'eurythmie de l'horreur.

La poitrine se redressa au son des côtes brisées. Une succession de claquements accompagnait la ressoudure des vertèbres. Le bassin reprit forme. Les jambes se raidirent ; la pliure des coudes se fit dans l'autre sens, dans le bon sens, tandis que les doigts claquaient les uns après les autres. **Les pièces du puzzle se remboîtèrent.**

Un cri sortit de la bouche de l'homme.

La fille était morte, mais elle se réveilla tout à coup.

La fille fixait l'homme face à elle d'un regard plein de curiosité et de terreur. L'ambulancier l'examinait tout autant, quoique la terreur fût bien plus puissante chez lui. Il se remémorait la dernière scène, sidéré.

L'allure fauve et ombrageuse de la fille le captivait. De longs cheveux argentés encadraient son visage. S'ils ne lui étaient pas si bien allés au teint, il aurait parié qu'il s'agissait d'une perruque de mauvais goût. Mais rien, chez cette créature, n'était de mauvais goût.

Tout était beau.

Tout était étrange.

Tout était fascinant.

La poitrine de la fille se soulevait à un rythme effréné. L'homme s'inquiétait de la vapeur qui sortait de sa bouche. C'était comme si un grand froid brûlait en elle. Il aurait peut-être dû courir, mais il en était incapable : elle posait sur lui des yeux flamboyants. Un malaise teinté de peur se fraya un chemin jusqu'à elle. Sa peau la démangeait, son corps était lourd. Elle se retrouvait au beau milieu de nulle part et, nulle part, à cet instant, pouvait être n'importe où. Elle ne connaissait ni les arbres ni la nuit qui descendait sur elle, encore moins cet homme qui la détaillait. Elle prit une grande inspiration, plus pour sentir l'air ambiant que pour retrouver son calme. Une multitude de points lumineux scintillèrent sur sa peau blanche. La terreur qui animait la fille et l'homme redoubla d'intensité. Lui, cependant, sentait poindre une attirance hors du commun.

Le feu, la glace et le mystère s'entremêlaient en elle. **On aurait dit l'univers posant un pied sur Terre.**

Il fit un pas vers elle. Elle ne bougea pas.

« Mademoiselle. »

Il n'osait pas lui proposer son aide. Elle semblait vulnérable, elle paraissait invincible. En voyant le tissu à moitié brûlé sur sa peau, il demanda :

« Que vous est-il arrivé ? »

Elle fronça les sourcils. Dans le même temps, un éclair lacéra le ciel. Lorsque l'ambulancier se remit quelque peu de l'éblouissement, il aperçut la jeune femme, les poings serrés, le visage crispé, qui hurlait en silence. Seules sa bouche et la terreur sur ses traits témoignaient de ce cri.

Il posa les yeux sur la nuit et vit la pluie glisser lentement des nuages. Les gouttes se figèrent dans le ciel.

Chaque goutte capturait la Lune et les étoiles ; on aurait dit une constellation à quelques centimètres des têtes.

L'ambulancier était fasciné. Il n'avait jamais rien vu d'aussi beau ni d'aussi étrange. Comment était-ce possible ? Il tendit la main vers le ciel comme s'il voulait s'assurer que ce soit vrai. Ses doigts rencontrèrent la surface lisse de l'eau. Elle glissa sur sa peau.

Le tableau était saisissant. Il y avait, d'un côté, cet homme qui contemplait le miracle ; de l'autre, cette fille qui le fixait, effarée. Elle était à bout de souffle et tendue comme la peau d'un tambour. Le moindre frôlement l'aurait ébranlée, elle semblait sur le point de se déchirer. L'ambulancier approcha son autre main de la pluie. La fille se rua sur lui.

C'était leur premier contact. Avant de s'effondrer, dos contre terre, il sentit la froideur de ses mains. Le choc lui coupa le souffle. Tout était figé – sa poitrine, ses pensées, la pluie au-dessus d'eux, les yeux brûlants de la fille, le temps. Ses cheveux argentés chatouillèrent son visage. Il y glissa une main, comme s'il pensait pouvoir toucher la Lune, et le monde, et le charme mystérieux qui palpitait en elle. À leur second contact, elle bondit loin de lui.

« Pardon. »

Mais s'il l'avait pu, il aurait recommencé.

La fille jetait des regards inquiets au-dessus d'elle, comme si elle craignait que la pluie ne s'effondre tout à coup et la submerge.

« Qu'est-ce qui vous fait si peur ? » demanda-t-il en se relevant.

Elle le dévisagea sans répondre.

« La pluie ? »

Dans une autre situation, peut-être aurait-il ri. Au lieu de quoi il s'approcha d'un pas prudent, craignant de la faire fuir.

« Vous avez peur de la pluie ? »

Ses yeux dévisageaient tantôt les gouttes, tantôt cet inconnu ; plus il s'approchait, plus ses regards étaient brefs et inquiets.

« N'ayez pas peur. Vous ne craignez rien. »

Il fit trois derniers pas qui le rapprochèrent définitivement d'elle. Elle n'était plus en mesure de faire suivre son regard entre cet homme et la pluie. Elle concentra toute son attention sur lui.

La fille tremblait. Il observait la buée se former et disparaître à l'orée de sa bouche.

« Rien, répéta-t-il. Rien que de l'eau prête à tomber sur votre peau. »

Sur ces mots, il saisit une goutte et la fit couler sur le visage de la fille, mais il blessa en croyant guérir. Elle convulsa et s'effondra. Les pluies tombèrent tout à coup.

Un drap blanc recouvrait le corps frêle de la fille.

Elle ouvrit les yeux avec difficulté et aperçut au-dessus d'elle un visage, une barbe légère, des cheveux châtains caressant un front. Elle sursauta et s'enfonça dans le coussin.

« Je ne vous veux aucun mal. »

Elle fronça les sourcils. Elle avait eu peur – et mal. Le trou qui s'était formé dans sa poitrine, noir comme le cosmos, avait tout absorbé. Elle ne se souvenait pas de cet homme, de cette main tendue, ni de la pluie, d'elle, abattue. Elle ne se souvenait pas non plus de la raison de sa présence, elle avait seulement en tête les lentes heures de sa chute. Les jours peut-être, supposa-t-elle. Elle glissa une main sous le drap, le souleva et y vit son corps nu. Elle tressaillit et tira le tissu contre sa peau.

L'ambulancier recula.

« Il ne s'est rien passé. »

Elle crispa la mâchoire et un grondement sourd sortit de sa gorge. Il leva les mains en signe de reddition et de sincérité.

« Je suis ambulancier. Je m'appelle Abraham. Et vous ? »

Elle ne répondit pas. Elle avait vu à l'air qu'il adoptait que ses mots étaient bienveillants. Elle fit la moue. Il fit retomber ses bras et retint un rire.

« Vous ne me comprenez pas, c'est ça ? »

Elle ne bougeait pas, recroquevillée sur le lit, dans l'angle de la pièce. Il hocha la tête.

« Bien, je vois. »

Il s'absenta puis revint, des feuilles et un stylo à la main.

« Est-ce que vous savez parler ? »

Elle pencha la tête sur le côté, intriguée. Il mima les lèvres battantes en faisant bouger sa main devant sa bouche.

« Bla-bla-bla », articula-t-il.

Puis il la pointa du doigt. Elle fronçait encore les sourcils. Il expira. Il ouvrait et fermait la bouche à de multiples reprises, mimant même deux personnes discutant. Il pointa le doigt vers elle. Elle fit alors battre ses lèvres comme il le faisait mais aucun son n'en sortit. Cette fille était le silence, il était la parole ; et il voulait lui parler, quand elle voulait le comprendre.

Réalisant qu'il ne pouvait pas la laisser nue sous les draps, il saisit un tee-shirt propre et un jogging qu'il savait trop grands pour elle mais qui valaient mieux que rien. Il les lui tendit, prudent. Elle semblait tout effarouchée.

Après la pluie, il était resté à son chevet. Il s'était repassé les images des dernières heures, depuis les météorites s'étant abattues en même temps qu'elle, jusqu'au moment où il avait décidé de l'amener chez lui. Il n'avait pas pu se résigner à la conduire à l'hôpital ; et dans quel but ? Elle n'avait plus aucune trace de son accident. Il avait réfléchi de longues minutes en roulant, et il n'avait aucune idée de ce qui avait pu causer de tels dégâts. Ni comment elle avait pu guérir, se réveiller, revenir à la vie. Parce qu'elle était morte, de cela au moins il était certain.

Quel genre de créature était-elle ? À cela non plus, il n'avait trouvé aucune réponse. Elle avait l'air humaine, si l'on exceptait ces étoiles sur son corps, ce magnétisme, et cette impression d'intemporalité.

Étourdi, il s'avachit sur la chaise, s'empara d'une feuille et inscrivit les lettres suivantes en capitales :

ABRAHAM

Il n'avait pas remarqué qu'elle s'était levée. Elle se tenait à côté de lui. Ses yeux, rivés sur la feuille, s'étaient embrasés.

« Alors, vous savez lire ? » s'enthousiasma-t-il.

Mais ce n'étaient pas les lettres qu'elle regardait, c'était l'encre sur le papier. Elle empoigna le stylo, s'agenouilla et abattit la pointe sur le papier. La frénésie s'était emparée d'elle.

Il y avait quelque sauvagerie dans son attitude. Elle était recroquevillée, tremblante, ses cheveux argentés glissaient sur ses épaules et l'on ne voyait ni son visage ni ce qu'elle était en train de faire. On aurait pu croire qu'elle dévorait sa proie, ou qu'elle était en proie à de terribles sanglots. Abraham était fasciné. Ce n'est que lorsqu'elle brandit la feuille noircie d'encre de part en part qu'il comprit enfin.

Cette fille ne parlait pas. Elle dessinait.

Ce qu'il vit sur le papier le fit frissonner. Il n'était pas sûr de comprendre ce dont il s'agissait, mais il était certain que c'était effrayant.

Il y avait du noir partout. Et parfois, dans ce tourbillon ténébreux, apparaissaient des taches blanches, grises ; des taches de tailles variables. Au centre de l'esquisse, dans une posture désarticulée, il vit un corps frêle et délicat. Il fronça les sourcils, s'agenouilla devant la fille.

Elle avait tenu le stylo deux minutes tout au plus mais sur le papier se dressait déjà un dessin précis ; il y reconnut son visage. Il l'interrogea du regard. Elle posa un doigt tremblant sur la silhouette puis elle se désigna. Cette fille perdue dans le noir, c'était bien elle.

Elle trembla plus encore. Abraham scrutait le papier mais n'en saisit que l'émotion.

« Je ne comprends pas ce que c'est. Que t'est-il arrivé ? »

Il cessa de la vouvoyer, parce qu'après tout, elle ne connaissait pas les formules du langage. Elle vit à sa crispation qu'il était dans le trouble. Elle saisit une autre feuille et se dessina encore, de plus près, plus désarticulée, plus apeurée, plus réelle encore. Mais Abraham avait compris que c'était elle. Ce qu'il ne comprenait pas, c'était ce noir. Il pointa du doigt la surface assombrie de la feuille. Elle se leva subitement, tourna autour d'elle, puis jeta un œil à travers la fenêtre.

Son index se tendit, tremblant, en direction du ciel. Un ciel noir, épais, qui n'était pas près de laisser place au jour. Elle fixa les ténèbres de longues secondes encore, figée, jusqu'à s'animer tout à coup. Elle gesticulait, virevoussait, esquivait quelque chose qu'elle seule semblait voir. Et dans ces gestes brutaux qu'elle enchaînait les uns après les autres, se dessinait l'histoire de sa chute. Alors, elle s'effondra sur le parquet, reprenant, dans la mesure du possible, la posture qu'elle avait lorsqu'il l'a découverte.

Abraham retint son souffle et formula dans sa tête ce qui lui parut être la chose la plus insensée qu'il ait jamais pensée.

Cette fille-là
venait de
tomber du
ciel.

Il en avait entendues des folies, à l'hôpital ou dans la rue, mais aucune ne lui avait paru si évidente. Il se doutait bien qu'une femme pareille ne pouvait être une femme de la Terre. Il se doutait bien que quelque chose d'inhumain, de surhumain peut-être, la différenciait de lui.

Elle était restée allongée sur le parquet, le souffle court ; il était resté à genoux, les yeux grands ouverts. Les deux silhouettes se fixaient sans un mot, parlant avec leurs corps, leurs regards et leurs souffles. Abraham détaillait ce visage surnaturel et fut pris d'une immense pitié en y voyant couler des larmes silencieuses. Il glissa jusqu'à la fille et posa une main sur sa joue pour faire cesser cette pluie. Elle ne bougeait pas. Elle ne faisait que pleurer.

Il aurait voulu dessiner un point d'interrogation mais, cela même, elle ne l'aurait pas compris. Il expira. *Comment représenter l'incertitude, l'ignorance, la stupeur ? Comment donner du sens à ce qui n'en avait pas pour lui-même ?*

Il posa un doigt sur sa peau, là où les grains de beauté prenaient l'éclat de la lumière. Puis il pointa une étoile sur le papier. Elle acquiesça. Il fit glisser sa main dans ses cheveux argentés, presque blancs. Il montra la Lune. Elle acquiesça. Il caressa la peau autour de ses yeux dorés, ses yeux flamboyants, d'une chaleur intimidante. Il dessina le Soleil. Elle acquiesça. Il mit sa paume devant sa bouche jusqu'à sentir la respiration glacée. Il mima le souffle et le mouvement du vent. Elle acquiesça.

Après avoir trouvé le vent, il chercha la pluie, mais ne la trouva pas. Il dessina alors un torrent. Elle déchira la feuille. Il se souvint de son évanouissement.

Après avoir écarté la pluie, il chercha les ténèbres du cosmos, mais ne les trouva pas. Il pointa du doigt le noir qu'elle avait griffonné, puis montra le ciel sombre comme un trou noir. Elle passa une main tremblante sur sa tempe, et l'autre sur son cœur.

Abraham éprouva, en plus de son immense pitié, la résurgence de sa terreur.

Alors voilà, se dit-il. Cette fille-là était tombée du ciel et, de cette chute, elle avait eu dans le cœur et dans l'esprit un véritable trou noir.

À travers la fenêtre, la fille regardait le ciel sombre. Un frisson glissa le long de sa colonne vertébrale. Abraham lui proposa de manger mais elle refusa. Maintenant qu'il avait eu quelques réponses à ses questions, il ne savait plus quoi faire.

Cela faisait des heures qu'il l'avait amenée dans son appartement. Des heures qu'il avait rencontré le sublime. Il ne put s'empêcher de constater qu'à mesure que le temps passait et que la fille de l'univers reprenait des forces, son magnétisme s'intensifiait.

Abraham s'assoupit, jusqu'à ce qu'il entende une série de bruits sourds. Il ouvrit les yeux. La fille tapait du poing contre la vitre.

« Eh. Qu'est-ce que tu fais ? »

Ses coups redoublèrent.

« Non, arrête ! »

Abraham bondit pour retenir son bras. La fille fit volte-face. Sur ses joues, un torrent de larmes.

« Pourquoi ? »

Il voyait à sa respiration saccadée qu'elle était terrifiée, ou en colère, ou frustrée. Son souffle, jusqu'ici glacial, était devenu glaçant. Elle courut jusqu'à la porte d'entrée et s'échappa.

La fille courait à en perdre haleine. Elle battait le bitume puis s'enfonçait dans la boue. Son cœur tambourinait. On aurait dit une panthère, leste et gracile, dont la peau se tramait au tissu de la nuit. On aurait dit que le vent se nouait à son souffle. On aurait dit, dans ses yeux, que le Soleil renouait avec les autres étoiles. Ça pétillait en elle, ça s'embrasait aussi, et rien ne semblait l'arrêter – ni l'obscurité, ni la peur, ni les pierres qui s'enfonçaient sous ses pieds. Elle filait, comme une comète ou la traîne d'un fantôme du passé. Elle n'était ni animale, ni humaine, ni tout à fait elle-même. Elle courait, mue par quelque instinct qu'elle suivait aveuglément. Puis, elle s'effondra au pied d'un arbre. Le silence se fraya un chemin jusqu'à elle.

Elle avait l'impression de s'embourber. Quelques parcelles de sa peau étaient recouvertes de terre mais ses étoiles brillaient encore. Elle regardait celles qui scintillaient sur ses bras et cala son souffle sur la lumière. Le rythme était lent, comme les pulsations d'un cœur lourd. Elle fit bouger ses doigts. Ses ongles noircis dessinèrent les contours de l'arbre, ses racines, l'écorce, la silhouette du tronc. Au fil de l'esquisse, elle se redressa, jusqu'à s'étirer et atteindre la première branche.

Là.

Elle s'y agrippa.
Ce fut le début de sa courte ascension.

Abraham s'arrêta brusquement. Il distingua, au loin, la fille grimper à un arbre. Les ramures tremblaient les unes après les autres – c'était comme un frisson qui courait des racines à la cime. Elle disparaissait et reparaissait entre les feuillages, laissant dans son sillage des éclats de lumière. Abraham eut l'impression qu'une guirlande s'enroulait autour de l'arbre – ce spectacle aviva une si belle émotion qu'il ne songea plus à avancer. Il contempla la fille se tresser à la nuit.

Et regardait filer, impuissant, la créature qu'il voulait protéger.

Elle se dressa sur la plus haute branche et tendit une main en direction du ciel. Il la vit s'élancer – et sauter dans le vide. Après avoir agriffé l'écorce de l'arbre, elle agrippa la nuit. C'était comme si ses doigts avaient trouvé un fil invisible, ou qu'elle faisait elle-même partie de l'étoffe. Elle était suspendue dans le vide, seule sa main la raccrochait au ciel. Le semblant de magie, que le garçon croyait tangible, se rompit tout à coup.

Elle s'abattit sur le sol.

Abraham courut jusqu'à elle, ne trouvant pas la force de crier. Avant d'arriver au pied de l'arbre, il sentit que la fille de l'univers était morte. Quelque chose en lui s'éteignit presque aussitôt. Il tomba à genoux. La nuit ne gommait pas les détails, elle les grossissait. Un coin d'ombre devenait une plaie béante, et ce semblant de sang luisait à la lueur de la Lune. La mort de cette créature, pourtant, n'était pas obscène. C'était comme un sombre spectacle dont Abraham ne pouvait se détacher.

Il espérait, en silence, qu'elle veuille bien se ranimer. Et les minutes passaient, longues, dures, assourdissantes.

La toucher, d'abord, lui parut sacrilège. Il détailla son corps, et les courbes que la chute avait brisées. Ses os n'étaient peut-être pas des os – il y avait en elle une fragilité étonnante. La voir revenir à la vie, une fois, ne gommait pas la pitié logée au creux de sa poitrine. La voir revenir à la vie, cette fois, lui paraissait impossible.

Puis une heure, implacable, s'abattit sur ses épaules.

La fille et le garçon n'avaient pas bougé. On aurait dit un penseur penché sur un gisant. Peu avant que le jour ne se lève, il entreprit de la soustraire au regard du Soleil. Entre ses bras fébriles, il rassembla le corps désarticulé et le porta jusque chez lui.

La journée fut d'une triste simplicité. Abraham resta assis, au pied du lit, et la fille sous les draps, désarticulée. Son bras pendait mollement par-delà le matelas, et les étoiles ne brillaient pas, et l'espoir ne refit pas surface. La mécanique mortuaire lui parut incongrue. Abraham refusait de recouvrir son visage. Il était si fasciné par cette fille qu'il perdit la notion du temps. Il oublia son travail et considéra même qu'il n'avait pas meilleure place à tenir que celle de veilleur.

Il ne connaissait pas son prénom.

Cette simple pensée l'obséda tout le jour, toute la nuit, et la journée suivante encore. Elle était un grognement, elle était un dessin, mais qui était-elle ? Il savait, lui, qu'il s'appelait Abraham, mais alors il comprit que cela ne voulait rien dire.

Avait-elle un prénom ?

Il se dit qu'après tout, cette habitude était peut-être purement humaine. Peut-être que de là où elle venait, il n'y avait ni lettres ni prénoms, peut-être même aucun autre son que le grognement de la rage, de la peur, de la douleur. Qu'était-ce qu'un prénom ? Un simple moyen de différencier les hommes les uns des autres, de les faire exister. Ne pas dire « untel » mais dire Abraham.

Il en vint à la conclusion que cette fille ne pouvait avoir de prénom. Elle était **le cosmos**. Elle était *la fille*, quand lui était « Abraham ».

Abraham décida de ne plus s'appeler Abraham. Dès lors, il devint *le garçon*.

Le garçon s'était assoupi contre le matelas. Un bruit clair claqua tout près de son oreille. Lorsqu'il releva la tête, il vit que ça recommençait. Elle était là, statuaire. Il l'avait veillée, comme s'il était en deuil – lentement, elle revenait à la vie. Ses doigts donnèrent le tempo, car c'étaient d'abord eux qui se ressoudaient. Bientôt, la fille pourrait redessiner, bientôt, ils pourraient se comprendre.

Les plaies se refermèrent. Et la peau se tendit. Une vive lumière rejaillit sur son corps. La mort n'avait sur elle qu'un effet transitoire, et elle se réveillait plus jeune et plus jolie. Elle n'émit pas le moindre son, se releva sans douleur et le regarda sans surprise. Peut-être se souvenait-elle de lui.

Elle se tint devant la fenêtre.

Il faisait noir, la lune brillait, *elle* grondait.

Le garçon la rejoignit. La douloureuse attente lui avait permis de réfléchir. D'abord, à l'apparition de cette fille. Ensuite, à sa propre réaction face à elle. Surtout, aux idées qui avaient pu la pousser à grimper dans cet arbre et à se jeter dans le vide. Le choc l'avait plongé dans un tel silence que la moindre de ses pensées résonnait dans sa tête. Le geste de la fille était aussi fou qu'empli d'espoir – aussi, il ne l'assimila pas à un suicide. À une quête, peut-être, mais de quoi ? Chaque réponse menait à une question et chaque question le rapprochait du précipice. Le vertige, face à l'inconnu, était enivrant. Autant pour elle que pour lui, il entreprit à nouveau de comprendre. Alors, il s'empara d'une feuille, d'un stylo et les lui tendit. Parler ne lui venait plus à l'esprit. Il fallait dessiner.

Elle plaqua le papier contre la vitre et abattit la pointe.

Le garçon s'était attendu à ce qu'elle griffonne longuement. Au lieu de quoi, elle s'arrêta à ce geste. Un point noir errait au centre de la feuille. Ce vide blanchâtre, c'était la Terre. Ce point noirâtre, c'était la fille. Le garçon le comprit aussitôt. Sans doute, aussi, parce qu'elle jetait sur lui un regard douloureux. Ce qu'elle voulait, c'était quitter la lumière pour retrouver les ténèbres du cosmos. *Car ici, elle était un monstre mais là- bas, qu'était-elle ?*

●

Après qu'ils eurent contemplé le point névralgique, la fille froissa le papier. À défaut de comprendre, elle se souvenait de cet instinct qui la brûlait de l'intérieur.

Elle scruta la pièce d'un œil fiévreux et tourna comme un lion en cage. Le garçon sentait déjà que ses propres pensées noircissaient. La peur sourde qui enflait en lui le poussa à la suivre. Il était l'ombre d'une ombre – le sillon de la tornade. Lorsqu'elle s'empara de la chaise sur laquelle il avait pris l'habitude de s'asseoir pour veiller sur elle, il posa une main sur le dossier. Fermement. Elle accrocha ses yeux rougeoyants aux siens. Elle se sentait terrible, et elle l'était, mais elle ignorait la force qu'il s'était forgée en la veillant si longtemps. Il avait façonné son espoir à partir des étoiles de son corps. Il avait trouvé la lumière qu'elle tentait d'étouffer, encore et encore. Elle fronça les sourcils, déroutée, mais la colère, la frustration et tout ce qui bouillonnait en elle refirent surface. Ça jaillissait de ses yeux, brûlants, et de sa bouche, glaciale. Ça la faisait trembler. Ce n'était ni humain ni tout à fait comme elle.

Elle arracha la chaise. La cala contre le mur, ouvrit la fenêtre. Le pied qu'elle posa sur le bois fit bondir le cœur du garçon. Il saisit la fille par le poignet. Le bras de fer débuta entre eux. Pour la première fois, ils luttaient l'un contre l'autre. Il avait pour lui son désir de protection, elle avait pour elle son besoin de comprendre. Souffrir ne l'affaiblissait pas – c'était même tout l'inverse. Alors, elle sauta par la fenêtre. Le garçon voulait l'aider à s'élever, pas s'effondrer avec elle. Il relâcha sa prise.

La fille était restée suspendue, puis elle s'était écrasée. Quel rôle le garçon avait-il dans cette histoire ? Il descendit les quatre étages de l'immeuble à toute vitesse et s'accroupit à côté du corps. Son recueillement fut bref. Quand il estima que la Terre avait assez pleuré, il soutint le cosmos et le ramena sur le lit, sous les draps, pour qu'il médite à l'utilité de rallumer ses étoiles.

La fille ne bougea pas pendant dix jours. Le garçon crut que c'en était fini des étoiles. Elles ne se rallumèrent qu'un soir qu'il pleuvait à torrent. Un soir comme celui où tous deux s'étaient rencontrés. Cette fois-ci, lorsqu'elle revint à la vie, elle ne fut ni plus jeune ni plus belle. La terreur déformait ses traits. Ses étoiles irradiaient la pièce. Sa bouche était tordue de douleur. Il y aurait eu, dans son cri, l'écho saisissant de la peur si elle avait été capable d'émettre le moindre son. Le garçon se jeta sur elle et la prit dans ses bras. Son retour lui fit l'effet d'une résurrection, mais la violence de ses émotions les projeta dans une atmosphère funeste.

La pluie battait sur les carreaux comme un mort aux portes de la vie.

Un bruit de tambours roulait dans l'air. Alors que le garçon tenait fermement la fille contre son torse, elle se rompit presque entre ses bras. Elle convulsa et, dans le même temps, fut entraînée loin de lui. Une force invisible la tirait près de la vitre. Lutter paraissait impossible. Elle glissait sur le parquet, dos brisé, mains tendues. Et on l'attirait, on la tirait.

Elle tenta de s'agripper au rebord de la fenêtre, refusant de tomber dans le vide. Le garçon se précipita sur elle pour l'aider mais sa force fut bien dérisoire. La fille fut happée au-dehors et pendue à la nuit.

Désormais, elle était à la merci de la pluie. Chaque fois qu'une goutte tombait sur elle, elle l'entaillait. Le torrent semblait interminable, et son supplice avec. Le garçon suivait, impuissant, le sort funeste que l'univers donnait à la fille. Son cœur devint lourd. Il tomba à genoux.

L'horreur était montée d'un cran. Le choc qui bouleversa le garçon était bien différent. Il savait que la fille échouait plus souvent qu'elle ne semblait avancer, il savait qu'il n'avait de prise ni sur elle ni sur son destin. Ils semblaient autant perdus l'un que l'autre, mais ils avaient pour eux le respect et la résilience. Lorsqu'elle échouait, elle mourait. Lorsqu'elle mourait, il acceptait qu'elle le reste quelques heures, quelques jours, et parfois plus. Il sentait que le temps s'étirait et que le risque qu'elle ne se réveille pas grandissait chaque fois. Mais ce qui s'était passé était plus inquiétant que tout le reste. Elle n'était pas simplement morte – on l'avait fait mourir. Et la pluie, qui était tombée sur elle, ressemblait à un châtiment.

Encore sonné par les événements, il la ramena dans son appartement. Il lava son corps, le gant, et, dans l'eau, il dispersa son trouble. Les étoiles éteintes n'étaient pas des étoiles. La constatation lui fit l'effet d'une révélation. La peau de la fille était couverte de plaies, si infimes qu'il les avait confondues avec des taches.

Des grains de lumière.

L'image le fit sourire.

Il prit sa main et fit courir ses doigts au creux de sa paume. Pour la première fois, il lui vola une caresse. *Puisque sa beauté était une douleur, qu'elle était, en tout cas, une question, il décida de provoquer la réponse.* Plus encore que les fois précédentes, il eut envie que la fille revienne à la vie. Il avait des « pourquoi » qui se bousculaient dans la tête et aucun « parce que » ne suffisait.

Toutes les fois où elle était morte, il ne lui avait prodigué aucun soin. La veiller ne suffisait plus, il voulait la rétablir. Pensant que la mort était différente, il tenta de la ranimer à la manière d'un médecin de l'esprit. Ou d'un ami, peut-être.

Il lui parla tout le jour. Il lui décrivit le monde, la vie telle qu'elle était sur Terre, et ce qu'on savait de l'univers. Il lui dit que les créatures comme elle n'existaient que dans les livres et que, par conséquent, elles n'existaient pas. Il lui dit aussi que, s'il parlait d'elle à un autre, l'autre le traiterait de fou ou d'artiste, car seul l'art peut expliquer ce que l'Homme ne comprend pas. Il ajouta que les humains étaient composés de la même matière qu'elle, avec des bras, des jambes, des yeux et un nez, mais qu'ils avaient la Langue.

Il lui dit qu'il n'était pas le garçon de la Terre comme elle était pour lui la fille de l'univers : il lui avoua qu'il y en avait des milliards, comme lui, qui marchaient sur le globe. Il lui dit qu'ils étaient tous différents physiquement, ayant leur propre identité par l'image ; mais il l'avertit qu'au fond, ils étaient tous des hommes et qu'ils devaient tous être égaux. Il lui dit que la mort, sur Terre, n'était pas une seconde chance. Que la mort, ici, était un coup d'arrêt. Il lui dit qu'une femme qui saute par la fenêtre ne le fait pas pour rejoindre son monde ; il lui avoua qu'elle le faisait en fermant les yeux, les bras ballants, le cœur serré et les larmes roulant sur les joues.

Il lui expliqua que la parole était la fierté de l'homme, qu'il se sentait homme en communiquant, que ceux étant muets parlaient aussi, il dût alors lui définir le terme « muet ». Il en vint à évoquer le fait qu'en plus d'être fierté, la parole était outil : de séduction, de partage, de pouvoir, de Terreur. Après réflexion, il lui avoua que le dessin lui semblait être en réalité le plus beau Verbe qui puisse exister.

Le garçon continua de décrire le monde. Quand il en eût fini avec les Hommes, il comprit que ce qui définissait l'humain, c'était un narcissisme profond. Parce que lui, garçon de la Terre, n'avait pas parlé de la Terre, il avait parlé de l'Homme. Mais l'Homme n'était pas la Terre alors il entreprit de décrire la nature. Il dit ce qu'était le Soleil, et ce qu'était la Lune. Il expliqua qu'il y avait le jour, puis que venait la nuit ; ou bien que de la nuit était né le jour. Il ajouta qu'il y avait le vent, qu'il y avait l'eau, la terre, le feu ; il dit qu'un arc-en-ciel émerveillait l'enfant, et – parfois – les grands. Il parla des étoiles, et des étoiles filantes. Il décrivit l'espoir, et les émotions avec lui.

Quand il parla de la pluie, il dit que c'était beau, qu'il y avait en elle une part de poésie et qu'on en oubliait parfois le danger qui venait avec elle.

Quand il eût fini sa description de la Terre, il entreprit de se décrire lui-même. Il fut incapable d'exprimer qui il était : s'il disait ambulancier, elle ne comprendrait pas. Guérir, chez elle, était automatique, elle n'avait pas besoin d'hommes comme lui. S'il disait homme, elle hausserait les épaules ; il n'était pas unique, comme il venait de l'avouer. S'il disait Abraham, elle n'entendrait que des sons. Et Abraham il n'était plus, il l'avait compris quand il s'était dit qu'elle était fille d'un tout. Qu'était-il alors ? Homme d'un rien. Rien qu'un homme.

Le garçon décida de la sortir d'entre les morts. Ce qu'il savait d'elle, c'est qu'elle avait peur de la pluie et que la pluie lui faisait mal. Il devait provoquer cette terreur.

Il mit une musique reproduisant le son de la pluie. Puis il courut prendre un seau d'eau et y mouilla le bout de ses doigts. Tant bien que mal, il fit perler l'eau sur le corps de la fille dans un rythme semblable à celui d'un crachin. Chaque fois qu'il faisait tomber une goutte sur elle, il creusait une plaie. Il regardait alors la peau se refermer, lentement – lorsque la fille était inerte, elle se régénérait.

Alors il plongea une serviette dans le seau. Le crachin devint une averse et l'averse un torrent. Quand la fille fut trempée, il commença à perdre espoir. Mais il persista, une heure encore, passant le soir, laissant venir la nuit sans qu'il n'y prenne garde.

Les étoiles se rallumèrent tout à coup. La fille se redressa et enserra le cou du garçon. Son visage était plein de rage, puis elle se détendit en le reconnaissant.

Le garçon pensa trois choses tout à la fois :
la violence était universelle,
elle l'avait reconnu,
il était parvenu à la ranimer.

Lorsqu'elle se fut remise de sa mort, il saisit une feuille et un stylo. Il hésita un instant, ne sachant comment exprimer son idée, puis il se lança sans se soucier de bien faire, tant qu'il faisait.

Elle ne posa les yeux sur la feuille que lorsqu'il eut fini. Il y avait deux bonshommes, un ciel noir, une échelle, de l'espoir.

Pour la première fois, elle esquissa un sourire.

Le garçon et la fille descendirent les escaliers les bras chargés. Les oiseaux de nuit chantaient tandis qu'eux marchaient dans leur propre silence.

Lorsqu'ils atteignirent l'arbre duquel la fille avait sauté, elle s'arrêta. Le garçon lui prit la main pour la pousser à avancer. Il s'enfonça dans la prairie jusqu'à trouver l'arbre le plus haut.

Il se tourna vers elle et vit qu'elle le scrutait, captivée. Si ses efforts étaient concluants, il ne la reverrait jamais. Il pensa que c'était une douce folie ; dans son monde, le ciel était impalpable, partout, mais inatteignable. Dans son monde, les avions volaient, mais personne ne parvenait à le déchirer, à le toucher, à s'y pendre. Elle, cependant, avait été capable de s'y agripper. Il l'avait vu. Cela n'avait duré qu'une fraction de seconde, mais c'était arrivé. Le garçon pensa alors qu'il n'y avait aucune raison pour que cela ne fonctionnât pas de nouveau. Il s'empara de l'échelle qu'il avait apportée et la cala contre le tronc.

Un bruit de tambours roula dans l'air.

La fille observait le garçon. Il nouait une corde autour d'un aimant. Il les lui tendit comme des cadeaux d'adieu. Le temps se suspendit au-dessus d'eux – et l'on voyait les étoiles, dans le ciel, continuer leur course ; et l'on voyait les arbres frissonner dans la nuit. Les mots et les étreintes n'auraient pu signer cet instant – ils dessinaient dans leurs yeux les souvenirs qu'ils avaient partagés. La fille prit l'aimant et commença son ascension.

Le garçon sentait la corde se dérouler entre ses doigts, comme un serpent qui danse.

Elle grimpait avec aisance. En équilibre au sommet de l'arbre, elle jeta l'aimant comme une bouteille à la mer. Le garçon retint son souffle.

Par on ne sait quel miracle, l'aimant resta figé dans les airs, ou plutôt collé au ciel noir. Le garçon fut assez fier de sa trouvaille ; il s'était dit que le magnétisme qui émanait de la fille trouvait nécessairement son origine ailleurs.

La fille reculait vers les fines branches, prête à s'élancer. Chuter, cette fois-ci, sonnerait peut-être le glas. Elle pressentait que les règles avaient changé. Le garçon sentait l'impatience et l'effroi bourdonner au fond de lui. Son cœur bondit dans sa poitrine lorsqu'il la vit sauter. Elle se hissa à la force de ses bras, centimètre après centimètre. La corde brûlait la paume de ses mains et les étoiles sur son corps, bon sang, ce qu'elles pouvaient faire mal. Ses os vibraient comme s'ils criaient. Son cœur battait à tout rompre. La peur qui palpitait gagnait du terrain.

Tout était calme autour d'elle – et la Lune absorbait l'espoir qui scintillait dans ses yeux. Elle s'accrochait à ce qu'elle était venue chercher mais tenir le cap était douloureux, et périlleux. Elle levait la tête en direction du ciel. La corde dressait le chemin vers sa liberté mais elle voyait, au bout, que chacun de ses mouvements menaçait de détacher l'aimant.

La fille et la corde ondulaient dans la nuit.

Un bruit de tambours roula dans l'air. Elle crut entendre entre les arbres la chute d'un oiseau. Elle sentait dans sa poitrine comme un trou noir qui se formait. Ça tourbillonnait, au-dedans, et devant elle, et dans sa tête et tout autour. Ça brûlait, sous sa peau, et dans le ciel, et personne, pas même le garçon, ne semblait le remarquer. Tout ce pour quoi elle avait combattu paraissait inatteignable. Le peu de force qui lui restait l'aida à s'élever – mais le magnétisme s'interrompit, provoquant

la chute de l'aimant,

la chute de la corde,

le fracas de la fille.

Le garçon vit la fille qui virevoltait et la corde s'enrouler autour d'elle. Il se précipita pour la rattraper du mieux qu'il le pouvait. La violence de l'impact résonna dans la prairie. Les oiseaux de nuit s'envolèrent en nuée. Ils étaient effondrés, l'un à côté de l'autre, et leurs jambes étaient entremêlées et leurs bras étaient en croix. Ceux du garçon étaient si lourds qu'il fut incapable de bouger. Ses yeux imprimaient la nuit.

Il sentait la fille, à côté, qui respirait violemment. Elle se tortillait pour se détacher de lui. Elle grondait, titubant, s'en retourna vers l'échelle. La corde glissait derrière elle, l'aimant traînait comme un boulet – elle trimballait l'espoir sans ménagement parce que la rage l'avait usé. Les branches furent le tremplin de son acharnement. Elle se griffait à l'écorce et laissait des lambeaux de peau derrière elle. Plus elle grimpait, plus elle perdait en grâce. La cime redoubla son vertige mais elle en fit sa force. L'aimant fila à travers le ciel jusqu'à s'y attacher. Elle sauta. Et empoigna la corde. Et se hissa jusqu'à atteindre le dessus de l'aimant. La joie qui éclata en elle fit scintiller sa peau. Le garçon, ahuri, avait suivi la scène comme un blessé sur un champ de bataille. La fille était debout, sur le ciel comme sur une marche.

La fille escaladait la nuit. Ses mains s'agrippaient à des prises que le garçon ne voyait pas. Elle prenait appui sur ses jambes flageolantes et montait, montait toujours plus haut. Plus elle avançait, plus sa silhouette rapetissait. Elle se résumait à un éclat lorsque le garçon versa une larme. Il était toujours allongé dans la prairie. Ses bras étaient lourds ; son cœur d'autant plus. Ses pensées tournaient en boucle et les questions qu'il avait dédiées à la fille le concernaient désormais. Jusqu'à présent, il n'avait pas compris qui l'avait mise sur son chemin ni pourquoi, mais la raison s'offrit à lui. Il était heureux de voir qu'elle s'échappait. Il avait l'impression que tous les morts qu'il avait ramassés, et tous les corps qu'il avait transportés en tant qu'ambulancier s'élevaient à leur tour.

Voir la fille mourir, et renaître, et mourir, et revenir à la vie nourrissait un espoir rongé jusqu'à l'os.

Il n'avait pas de contrôle sur son existence, mais il pouvait l'accompagner.

Le miracle, qui survenait pour elle, apaisait les douleurs qu'il s'était efforcé de cacher. Elle lui donna la force de continuer à exercer son métier. Le vent balaya ses tourments. Et la nuit posa sur les visages des défunts un voile épais. Les fantômes qui vacillaient près de lui grimpèrent aux côtés de la fille.

Il suivait l'envolée de la fille feu follet. Aussi, il n'en crut pas ses yeux lorsqu'il aperçut une forme blanche, désarticulée, filer vers le sol comme un météore. Le charme se rompit et il se redressa, sur le qui-vive. C'était la fille, maudite fille, qui carambolait. Il tituba pour tenter de la rattraper avant qu'elle ne s'écrase mais n'en eut pas besoin : une force invisible arrêta net sa course. Elle se retrouva allongée à quelques centimètres du sol, et son corps était tendu, et ses yeux rivés sur le ciel qu'elle était en train de gravir. La terreur précéda la menace.

La pluie tomba sur eux.

Le garçon tourna la tête, là où la prairie disparaissait derrière les arbres. Sans les voir, il entendit les tambours.

La fille se battait pour retenir la pluie. Les gouttes lévitaient par milliers au-dessus d'elle. Sans les voir, elle entendit les tambours.

Le garçon ne trouva pas la force de bouger. Il sentait, en discernant ces formes s'approcher, qu'il devait s'enfuir au plus vite, mais il était pétrifié.

Plus que jamais, la fille voulait rentrer chez elle – mais chez elle, où était-ce ? Son obsession était loin de faiblir. Elle voulait fuir la Terre, dont elle ne voyait que la nuit, mais la pluie qui pesait au-dessus d'elle la paralysait.

Les tambours redoublèrent son effroi.

Quelque chose en elle les reconnaissait.

Le garçon les voyait désormais, ces corps faits de lumière et d'argent qui approchaient en tambourinant. Ils étaient des centaines, un millier peut-être. Ils battaient en rythme une mélodie ancestrale.

Derrière ce chant des tambours, ils lançaient un appel.

Une main invisible saisit la fille et la remit sur pied. Quand elle vit les corps semblables aux siens, elle trembla.

Tambours.

Des voix sourdes susurrèrent un mot que le garçon ne comprit pas. Puisque la fille ne bougeait pas, ils le scandèrent. Le chant et les battements la pénétrèrent. Elle sentait qu'elle était incapable de lutter et, même, qu'elle n'était plus en droit de le faire. Un sentiment jaillit en elle. Un sentiment sinistre dont elle voulait se débarrasser.

Comme s'ils l'avaient deviné, les tambours firent tomber les pluies. L'eau la transperça.

Tambours.

Le garçon la regardait souffrir. Il aurait préféré la voir dessiner.

Tambours. S'ils ne l'avaient pas maintenue, elle se serait effondrée.

Tambours.

Ils étaient un millier, elle était seule, le temps, la boue, la pluie contre elle.

Tambours.

La fille s'irradia et se confondit avec la lumière. Alors, elle se souvint.

*Quelque part dans l'univers,
avant la chute...*

La fille marchait tout autour de sa planète depuis une petite éternité. Plus le temps passait, plus le tour était rapide. L'obscurité régnait en maîtresse et le froid était sidéral. Une sorte de buée s'échappait de sa bouche. Plus elle avançait, plus elle refusait de s'arrêter. Elle voulait découvrir les moindres recoins de la petite planète sur laquelle elle vivait. Avec le temps qu'il faisait, et les températures, et la sécheresse, la planète rapetissait. Le sol se craquelait sous ses pieds nus. La poussière virevoltait sur ses chevilles. Bientôt, un lambeau de terre fut arraché à la planète. Il laissa une crevasse derrière lui et s'éleva et s'éloigna lentement, comme une météorite prête à se perdre dans l'univers. La fille le regarda qui lévitait. À mesure qu'il reculait, il se perdait dans le noir. Un autre morceau se détacha, puis un troisième, et toute une multitude de particules se détachèrent de la planète. Le temps était si froid ! La terre était si sèche ! La fille aurait dû s'alarmer, mais elle était captivée par ce qui disparaissait dans la nuit.

Elle suivit la lente échappée des météorites. Ses pieds traînaient sur la poussière. Sa peau s'abîmait sur les crevasses. Sa cheville se tordit – elle n'y prêta pas attention. Il était hors de question qu'elle perde de vue ce que la planète venait de perdre. Elle accéléra le pas, tomba dans un trou, écorcha son genou, reprit sa course – elle ne remarqua pas qu'elle arrivait au bout de sa petite planète. La fascination embrasa son regard. Ses yeux rougeoyèrent. Elle se pencha pour s'emparer d'une météorite qui voletait devant elle. Contre toute attente, la roche lui résista et continua son chemin. La fille la regardait s'éloigner, impuissante, et d'autres se détacher. Son cœur s'emballa. La peur la prit par la gorge. Où se dirigeaient toutes ces météorites qui les abandonnaient, elle, sa planète et son peuple ?

Elles étaient si nombreuses ! On aurait dit une constellation de roches, noire et sans lumière. Curieuse et frustrée, la fille saisit une petite météorite dans chaque main. Les deux pierres continuaient leur progression sans se soucier d'elle – elle luttait pour les tenir contre elle mais ses bras se tendirent, et son buste se pencha, et son corps s'allongea, alors elle se mit sur la pointe des pieds. Un pas encore et elle tomberait dans le vide. Elle ne voulait vraiment pas les lâcher ! Elle ne voulait pas qu'elles s'en aillent ! Elle devait sauver sa planète ! Elle avait pourtant déversé la pluie comme on le lui avait demandé ! Elle savait qu'elle était la gardienne, qu'elle devait essorer les nuages pour hydrater le sol, et elle l'avait fait, chaque fois que les tambours s'étaient mis à battre, mais plus le temps passait et plus il fallait pleuvoir, et battre, et pleuvoir, elle était épuisée ! Elle aussi, elle voulait être libre, elle aussi voudrait bien partir à l'assaut de l'univers. Qu'y avait-il dans l'obscurité ? Pourquoi fallait-il absolument sauver la planète ?

Toutes ces questions lui donnèrent le vertige. La colère, le désespoir, puis tout ce qui logeait en elle se mirent à bouillonner. Une larme roula sur sa joue, c'était la seule pluie qu'elle acceptait de faire tomber. Les tambours commencèrent à rouler derrière elle. Elle les entendit à peine. Elle ignora l'ordre qu'ils supposaient. Pour la première fois de sa longue existence, elle refusa de faire tomber les pluies. Avant de chuter dans le vide, elle mit un pied sur un lambeau de planète. Ses doigts glissaient sur les roches auxquelles elle s'était raccrochée, mais elle lutta pour ne pas les perdre. Paumes contre roches, pieds tremblotants, elle commença son ascension, météorite après météorite.

Le garçon était ébloui. La lumière et l'inconnu ne le paralysaient plus. Il titubait. Lorsqu'il perdait l'équilibre, il s'aidait de ses bras lourds mais ça ne l'aidait pas beaucoup alors il tombait dans la boue. La distance qui le séparait d'elle lui paraissait infranchissable. À mesure qu'il avançait, elle semblait reculer dans la lumière.

Les tambours, qui n'avaient ni regards ni visages, scandaient son avancée penaude. Puisqu'il savait qu'elle avait mal quand la pluie tombait sur elle, il eut l'impression d'avoir mal lui aussi. Chaque goutte qui éclatait était une punition.

La fille créait un chemin à partir des météorites. Elle s'accrochait tant bien que mal. La peur de tomber s'estompait à mesure qu'un sentiment de liberté gonflait en elle. Pendant son ascension, elle croisa l'étoile qui vivait près de sa planète. La voir de si près était impressionnant. Il faisait chaud, terriblement chaud. Elle pensa, un instant, que c'était à cause d'elle que sa planète s'asséchait, mais elle ne lui en voulut pas tant elle la trouva belle. Tout à coup, elle eut l'impression que sa peau gonflait. Elle vit ses pores s'agrandir et, quelle horreur, toute la pluie s'échapper d'elle en vapeur ! Le feu absorbait l'eau. La douleur la paralysa un instant. Avec force conviction, elle lutta pour reprendre son avancée. Il était hors de question qu'elle retourne d'où elle venait sans avoir vu l'endroit de l'univers où retombaient les météorites. Elle s'apprêtait à mettre le pied sur une autre pierre quand une force invisible arrêta net son mouvement.

Un bruit de tambours roula dans la nuit.

Elle se retourna et les vit, loin derrière elle, en contrebas, sur la planète, qui battaient la peau de leurs instruments. Ils étaient un millier à attendre qu'elle redescende. Les voir lui fit l'effet d'un choc. Ils ne se déplaçaient jamais. Ils avaient juste à jouer en rythme dans la plus grosse crevasse de la petite planète pour que le bruit résonne et que l'alarme se propage. Mais force était de constater que, pour la première fois, ils avaient marché en sa direction. Elle ne voyait pas leurs visages – elle ne les avait jamais vus – mais elle aurait parié qu'ils étaient tordus de colère.

La fille avait quitté sa planète au moment où elle avait le plus besoin d'elle. Son cœur se déchira. Une autre larme s'apprêta à rouler sur sa joue mais l'étoile qui brûlait encore trop près d'elle la transforma en vapeur. Ce fut le déclencheur de sa vive inquiétude. Comme une enfant qui vient de commettre une terrible erreur, elle rebroussa chemin. Sa descente fut moins élégante et délicate que son ascension. Elle était mal assurée. Sur les météorites, elle dérapait. Tant de fois, elle faillit tomber dans le vide. Tant de fois, elle perdit l'équilibre. Il ne lui restait que quelques météorites à piétiner avant de retourner sur sa planète quand elle glissa pour de bon. Le vertige fut immédiat. Elle était incapable de pousser un cri. Terrifiée par la chute, elle battit des bras et tenta de se raccrocher aveuglément.

Elle y parvint.

C'était un coin de ciel qu'elle avait agrippé. Ses doigts, pleins de poussière, agriffaient la nuit. Un éclat de lumière naquit en elle. Aussitôt, les tambours s'emballèrent. Ils l'attirèrent, ils la tirèrent, ils l'attirèrent. La fille retomba sur sa planète aride. La chute brisa quelques os. Elle les reconstitua. Désobéir était douloureux. Elle voulut bien faire tomber les pluies, mais elle n'oublia pas ce qu'elle venait de vivre. La joie grandit en elle. Elle resta allongée un long et doux moment, contemplant la voûte céleste et les météorites qui s'échappaient.

Elle s'en irait.

La fille se releva, sous l'ordre des tambours. Le temps pressait car la terre devenait de plus en plus aride et la planète se décomposait. Elle fit glisser ses orteils entre les craquelures, lentement, comme si elle signait le début de la guérison. Guérir, c'était ce qu'elle savait faire de mieux. Soigner, c'était sa mission principale. Quand ses ancêtres avaient disparu dans le néant, elle leur avait succédé, et la pluie s'était logée en elle, et les nuages avaient gonflé.

Puisqu'elle ne parlait pas, elle dessinait dans les nuages. Dans le gris, elle esquissa un visage. La pluie diffracta la lumière. Et le tonnerre fit résonner sa joie. Puisqu'elle ne criait pas, elle avait un orage. L'éclair fit scintiller sa chevelure. Elle était un éclat dans la nuit. La nuit était son jardin de jeux. La pluie, celui qu'elle contrôlait le mieux.

Elle était la gardienne des pluies, mais un jour elle s'en irait ! L'idée la rendit si heureuse qu'elle sentit l'eau courir en elle. Elle s'arc-bouta, tendit les paumes en direction de la nuit. Des nuages se formèrent au-dessus d'elle. Elle souffla, presque imperceptiblement, pour qu'ils se dispersent. Ils entourèrent la planète et cachèrent les météorites. On aurait dit une sphère de brume. La fille ferma les yeux. Les pluies tombèrent. La poussière et la terre devinrent de la boue. L'eau pénétra les crevasses et les fêlures. Les tambours continuaient de battre – les gouttes sautaient sur les peaux. Et la fille dansa sous la pluie. Ses pieds étaient usés par le chemin qu'elle avait parcouru mais elle n'y prêtait pas attention. Lorsqu'elle virevoltait, la boue éclaboussait ses chevilles. La joie bullait en elle. Comme elle se sentait légère, elle crut bien s'envoler.

L'eau réhydratait la planète et l'étoile ne pouvait rien face au pouvoir de la fille. En des gestes gracieux, elle contrôlait les cieux.

La saison des pluies avait fait reverdir quelques parcelles de la planète. Les fêlures avaient cicatrisé. La fille, pendant ce temps, avait eu tout le loisir de s'ennuyer. Elle avait dessiné, avec les nuages, les contours des roches et le chemin vers sa liberté. Elle aurait aimé reprendre son échappée mais les météorites avaient disparu presque aussitôt après la pluie. S'évader, visiblement, était plus rapide qu'entreprendre de le faire. Où les météorites avaient-elles vogué ? Où étaient-elles tombées ? Une pensée coupable germa dans l'esprit de la fille. Elle, qui n'avait rien à faire quand la planète allait bien, rêva qu'elle se détériore de nouveau. Alors, le sol se craquellerait, alors, la planète se disperserait en lambeaux. Et elle pourrait de nouveau grimper sur les météorites.

Le temps roula, lentement. La fille marcha autour de sa planète pendant une petite éternité. De temps à autre, elle battait des bras pour agripper le ciel mais elle ne rencontrait que du vide. Comment avait-elle fait pour s'y accrocher ? Fallait-il qu'elle tombe ? Fallait-il qu'elle ait peur ? Elle grimpa à un sommet, qui ressemblait aux rebords craquelés d'une crevasse, pour sauter et atteindre la nuit, mais elle tomba dans la poussière. Elle était en train de contempler l'obscurité et l'étoile qui brûlait encore, au loin, quand elle prit conscience de ce qui l'entourait. Poussière. Crevasse. Chaleur. Elle enfonça ses doigts dans le sol. Il était sec. La joie éclata en elle. Bientôt, les tambours s'en rendraient compte eux aussi. Bientôt, ils lui diraient de faire tomber la pluie. En attendant, elle tourna la tête. Sa joue reposait dans la poussière.

Elle contempla la vie se craqueler devant ses yeux. Le sol se fissura, par à-coups. La température augmenta. C'était comme si l'étoile à côté d'eux sentait sa gloire venir. Avec la lenteur du déchirement, un morceau de terre se détacha de la planète. La fille le vit s'élever.

Un bruit de tambours roula dans la nuit.

Elle commença à danser après la météorite. Sans qu'elle ne s'en rende compte, une bruine perla sur la planète mais le sol était si sec qu'elle continua de se décomposer. Rapidement, il y eut autant de météorites que la dernière fois. Elle se faufilait entre chacune d'elles et dansait, dansait, dansait. La pluie s'abattit – elle fut incapable de la contrôler. Elle était si heureuse de les voir s'envoler que les digues en elle éclatèrent. L'averse ne suffit plus, ce fut le début d'une tempête. En gardienne des pluies, elle essora les nuages. Dans le même temps, elle voyait son rêve s'éloigner. Plus l'eau tombait, plus la terre était mouillée et moins il y avait de météorites. Elle entreprit de grimper sur celles qui – déjà – s'éloignaient d'elle. Elles n'étaient pas assez nombreuses mais elles étaient un tremplin, un escalier vers sa propre liberté. Elle avança, de météorite en météorite, jusqu'à parvenir à la plus grosse. Elle se cramponna à elle, tremblotante, et la prit pour un vaisseau. Peut-être pourrait-elle tenir le voyage et voir où elle atterrirait. L'espoir qu'elle tienne était faible mais elle devait essayer. Toute cette pluie qui tombait l'aveuglait. Ses cheveux argentés collaient à son visage. Ses mains glissaient. Pourquoi était-elle incapable de calmer la pluie ? Pourquoi l'eau continuait-elle de s'écouler malgré elle, contre elle ? Elle savait que gaspiller la pluie était un crime mais sa liberté avait fait naître une faim vorace. Elle avait voulu voyager et grandir ; elle n'y pouvait rien si quand elle s'en allait ça faisait pleurer les nuages !

Elle entendit les tambours. *Elle se cramponna à la météorite comme au dernier espoir de son épopée. Elle s'attendait, à tout instant, à ce qu'ils la tirent en arrière. Ils n'en eurent pas besoin. Le pouvoir, qui faisait de la pluie l'extension de son corps, se déchira. Les tambours en prirent le contrôle. Peut-être était-ce la rupture, ou l'amertume de la fille : la pluie lui arracha un cri. Pour la première fois, un son émergea de sa gorge. Les gouttes, qui tombaient sur elle, la transperçaient de part en part. Les tambours rythmaient le martèlement. La douleur palpitait de tous côtés. La fille fut happée par ses tourments, bouche ouverte, yeux brûlants. Elle s'arc-bouta. Ses doigts glissèrent, impuissants, pour libérer la météorite. Et la fille retomba, comme un lambeau de nuit, sur le sol boueux de la planète qu'elle s'apprêtait à quitter.*

Le garçon sentit une colère sourde vrombir en lui. Le seul son qu'il avait entendu d'elle était un cri de douleur. Les tambours avaient été les seuls capables de le lui soutirer. Même avec la mort, même avec la peur, même pendant son retour à la vie elle ne s'était pas tant égosillée. Ses yeux couraient de la fille lumière aux tambours, qui n'étaient que des ombres éclatantes. Et il croyait qu'il regardait des monstres. Il ignorait que, pour eux, le monstre c'était elle. Il ignorait qu'elle avait dû garder la pluie comme on garde un enfant, puis qu'elle l'avait jetée sur sa planète sans la contrôler.

Le roulement des tambours s'adoucit. Le garçon parvint jusqu'à la fille. On aurait dit qu'une ombre s'accroupissait sous le soleil. Il la regardait, ne pouvant rien faire de plus, et elle revivait le crime qui l'avait fait sombrer.

Quand les tambours mirent fin à la pluie, elle était inerte. Ils entonnèrent une triste mélodie. Un trou noir se creusa dans la poitrine de la fille. La souffrance qu'elle avait éprouvée avait glissé de son corps jusqu'à la peau des tambours. Et ça s'entendait, quand ils vibraient, qu'un cri était emprisonné. Ils s'agenouillèrent tout autour d'elle comme on veille une dépouille. Les vibrations firent glisser l'eau sur sa peau. La pluie s'échappa d'elle. Comme elle dormait encore, ils la portèrent haut dans le ciel. Des plaies sur son corps jaillit une lumière rédemptrice ; déjà, ils firent renaître en elle un éclat qu'elle avait étouffé. Dans le silence d'une justice qui s'opère, elle entama son exil. Elle s'éloignait, parmi les météorites qu'elle avait voulu suivre. Elle ressemblait à une étoile dans le ciel noir qu'elle avait griffonné. Bientôt, son ascension se transforma en chute. Et elle côtoya les planètes, les astéroïdes, les étoiles. On la fit oublier, ou peut-être oublia-t-elle d'elle-même son rôle, son monde, la raison de sa peur.

Lorsqu'elle fut si éloignée qu'on ne la vit plus, elle s'éveilla.

Et elle tombait...

Tombait...

Tombait prestement.

Ils étaient à cette heure de la nuit où l'on hésite avec le jour. Ils étaient à ce moment d'un prodige où tout devient normal.

La fille de l'univers ouvrit les yeux. Le feu qui brûlait en elle brûlait aussi dans son regard. Une larme roula sur sa joue, comme un ru serein dans la vallée. Son retour à la réalité était doux et rassurant. Elle s'agenouilla.

Les tambours cessèrent de battre. Malgré la pluie qu'ils avaient fait tomber sur elle, malgré l'aide du garçon, elle avait été incapable de se souvenir. En la voyant gravir le ciel une énième fois, et en la voyant tomber, ils avaient estimé que sa souffrance avait assez duré. Alors, ils s'étaient déplacés.

Le silence flottait sur leurs épaules. Ils restèrent ainsi, de longues secondes sans bouger.

La fille esquissa un sourire. Elle accueillit la pluie qu'ils firent couler sur elle. Le trou noir avait cédé la place à la lumière et ses plaies n'étaient qu'un terrible souvenir. Elle avait recouvré la mémoire : il y avait un pardon dans son sourire. Le garçon aurait presque pleuré s'il n'avait pas été content pour elle. Parler ne servait pas, observer donnait toutes les réponses.

Les tambours vibrèrent, une fois. Elle se releva.

Les tambours vibrèrent, deux fois, elle agrippa le ciel. Le pied qu'elle posa sur la nuit lui permit de s'élever. La première marche fut la plus difficile. La suivante un peu moins, et elle grimpa pour retourner sur sa planète. Les tambours accompagnaient son ascension et c'était plein de joie et d'émotions. La fille, résiliente, réapprendrait à danser avec la pluie et à agriffer son propre ciel comme elle l'avait fait avec celui de la Terre.

Lorsqu'elle arriva au carrefour de la nuit, elle se tourna vers le garçon. Elle le vit, seul entre les arbres. Ses bras ballaient mais il souriait. Elle retint une larme en pensant qu'elle redevenait une fille de l'univers, bloquée entre des milliers de corps comme le sien, alors qu'il se démarquait, unique – le garçon de la Terre.

Il la vit, qui lui adressait un sourire. Elle avait appris ça de lui, et c'était déjà ça. Il retint une larme, en se disant qu'elle était toujours très belle et lumineuse. Le fait de se souvenir n'avait rien retiré à son charme. Elle n'avait plus besoin de corde et plus besoin d'aimant, elle n'avait plus besoin de lui. Il savait qu'il ne reverrait pas son visage et que la mort ne serait plus une seconde chance, mais l'idée le terrifiait moins désormais. Elle avait creusé un puits de lumière là où logeaient ses tourments. Elle avait ajouté une part de rêve à sa réalité. Comme la parenthèse se refermait, il voulut bien redevenir Abraham.

Ils accrochèrent leurs regards, puis s'éloignèrent en des directions opposées. Elle, vers le point culminant de la nuit, lui, vers le matin qui se levait. Leur chemin était lourd mais les tambours scandaient leurs pas. Chacun, au- delà de la connaissance, crut détenir une part d'unicité. Et chacun, au-delà des mots, dessina le visage de l'autre.

Remerciements

Merci à mes amis et à ma famille pour leur soutien permanent, à Jodie, à Matthias, à Emma, pour leur enthousiasme dès les premiers instants. Merci à Sara, pour nos rires et nos aventures, pour avoir lu ce conte quand il n'était encore qu'un premier jet peu convaincant. Merci à Élodie, pour son soutien et sa passion, pour les mots qu'elle a soulignés, pour nos apéros littéraires (scrounch, scrounch). Merci à Stéphane, pour sa lecture avisée et pour ses conseils pertinents. Et merci à ma mère, sans qui ce conte serait passé par la fenêtre.

Merci à Marie Helix d'avoir dessiné ce qui tournait en boucle dans ma tête. Ton ombre et ta lumière m'ont absorbée dès le début.

Merci à toi, lecteur.ice, d'être allé.e au bout de ta lecture. J'espère que *La Fille de l'univers* t'aura donné envie de renouer avec le conte. Et à bientôt peut-être, dans une nouvelle histoire, parce que j'ai encore tant de choses à conter et d'univers à arpenter.

De la même auteure

La Fuite, roman d'aventures (2019)

La Machine à aimer, contre-romance (2020)

DIX ans, recueil de poèmes passés et présents (2020)

Écrire comme on jardine, mon carnet d'écriture à compléter (2020)

Dépot légal : avril 2023

Printed in Poland
by Amazon Fulfillment
Poland Sp. z o.o., Wrocław
03 January 2024

77e45b31-8be9-499b-9621-24aba3c2086dR03